슬픔 비슷한 것은 눈물이 되지 않는 시간

김상혁

슬픔 비슷한 것은 눈물이 되지 않는 시간

김상혁

PIN

016

차례

PIN
016

슬픔 비슷한 것은 눈물이 되지 않는 시간

김상혁
시

몬트리올 서커스

오래된 사진 속 천막 입구에는 '위험한 독 전갈을 배 위에 올려둔 미소녀'라고 적힌 허술한 간판이 붙어 있었다.

얼굴조차 알려지지 않은 그녀라는 존재가 초기 몬트리올 서커스의 부흥에 지대한 역할을 했다는 점은 분명하다.

서로 무심한 우리에게서 사랑을 이끌어낸 것은 하필 비가 오고 있었다는 사실 하나뿐이었다.

기어이 구름을 만들어내고야 마는 인공호수 앞에 네가 서 있었다는 사실뿐이었다.

고치지 않는 마음이 있고

엄마가 필요한 때가 있고

아빠가 필요한 때가 있다

어제는 책 몇 권이 필요해 서점에 갔다

서점에서 책에 빠진 친구가 빛나는 때가 있고

다 읽지도 못할 책을 욕심껏 담아 온 내가 더 빛나는 때가 있다

그렇게 쌓아둔 물건이 필요한 때가 있다

그렇게 방치된 집이 부모와 물건보다 더 필요한 때가 있다

사랑해, 나도 사랑해요, 대문 앞에서 인사하고 돌아섰는데

내 속에 너무 사랑이 없어서 놀라는 때가 있고

그럴 때 필요한 좋은 음식점이 중심가에 있다

막히는 길 뚫고 차로 몇 시간을 달려서

먹어요, 그럼 먹을게요, 퇴근길 식탁은 가끔 이

렇게 다정한데

엄마, 아빠, 친구 모르게 두꺼워지는 어둠이 있다

두꺼워지는 침묵이 있다 하지만 두꺼운 침묵이라니? 에이, 그게 뭐야

섭섭해진 친구가 뾰족하게 내민 입술처럼

어색한 시간을 뚫고 다가오는 그 뾰족함처럼

제때 아닌 도착이 있다 그럼에도 이어지는

부모가 모르는 키스가 있고

책에서 배운 적 없는 포옹이 있다 하지만 너무 시간이 없어서

너무 바빠서 고치지 않는 마음이 있고

내가 더 무너지게 되는 때가 있다

새를 사랑하면 새 교수에게 사랑받는 제자가 될 수 있다

새를 연구하는 교수는 새를 사랑하는 학생과 새를 사랑하지 않는 학생으로 우리를 구분한다. 새를 사랑하면 새 교수에게 사랑받는 제자가 될 수 있다.

어제 그 교수가 강의 도중 조류관찰용 녹음기를 틀었다.

거기서 문득 흘러나온 새 교수의 흐느낌으로 교실은 웃음바다가 되었다.

그는 얼굴을 붉히며 철새 도래지 해 질 녘의 눈물 나게 아름다운 장관을 묘사해보지만…… 한번 터진 우리의 웃음은 그칠 줄 몰랐다.

그날 새 교수는 모래 목욕하는 새를 보여주었다.

땅 위에 지은 둥지를 보여주었다. 가장자리 효과에 관하여 설명하였다.

하지만 도마뱀이 물로 세수를 하든 코끼리가 진흙으로 도포를 하든 그런 것에 누가 관심이나 있단 말인가?

다 큰 어른이 새 떼를 관찰하다 질질 짜는 소리만큼 우리 흥미를 끌 만한 것은 그 수업에 없었으므로, 새 교수, '사람은…… 새를 본받아야 합니다!' 같은 말을 진지하게 해봤자 그게 무슨 소용이 있냔 말이지.

새를 사랑하고 연구하는 교수의 강의는 새의 아름다움에 관하여 아무것도 가르치지 못했다. 새를 사랑하면 새 교수에게 사랑받는 제자가 될 수 있지만 아무도 새 교수의 제자가 되고 싶어 하지 않았다.

쉽게 말하지 않았던 그날의 낭독회에서

꽃을 보고 있던 게 아니라, 방금 그것을 차고 지나간 사람이 내 친구 아닌 게 다행이라고 생각했다. 짐승이나 사람에겐 좀 더 친절하면 좋겠네, 생각했다. 꽃이 아름답다, 별이 아름답다고 쉽게 말하는 친구는 사람에 대해서도 비슷한 말을 한다.

식당에서 그것을 듣고 있던 게 아니라, 방금 말을 마친 입속으로 들어가는 물과 밥이 튀지 않았으면 좋겠네, 생각했다. '사람이 꽃이라고? 그따위 생각, 학교에서 배웠어?' 친구에게 심하게 따지고 싶다고 생각했다. 그러고 보니 어제는

한 유명 작가의 낭독회에 갔었다. 젊은 유명 작가 주변에는 사람이 구름처럼 모인다. 낭독이 시작되기 전 매우 아름다운 독자가 꽃을 선물했다. 꽃을 보고 있던 게 아니라, 독자가 건넨 그것이 오랫동안 말라가는 작가의 서재를 생각했다.

단상 앞에서 두 여성은 힘껏 포옹했다. '꽃이 대단히 향기롭네요!' 저런 말을 전혀 어색하지 않게 꺼내다니 과연 작가로군, 생각했다. 그리고 길고 지루한 낭독이 시작되었지만, 독자를 친구처럼 대하는 그녀의 목소리에 귀 기울이지 않을 수 없었다.

고백 투 소설의 한 구절, '젊음은 끝나지 않을 것처럼 지겹고 길었다'는 부분에서 꽃을 건넸던 여성이 끝내 울음을 터뜨리고 말았다. 거기서 눈물을 보고 있던 게 아니라, 눈물을 머리까지 밀어 올린 어떤 용기와 애정에 대해서 생각했다.

꽃이 아름답다, 별이 아름답고, 그래서 모든 게 아름답다, 아무도 그렇게 쉽게 말하지 않았던 그날의 낭독회에서

유턴

그런 상황 아나요
그러면 안 될 것 같은데 그렇게 해버린 것
자기 친구들과 수다 떠는 아내를 카페에 두고 왔습니다
딱히 화가 난 것도 아니고 서운한 것도 없는데
내가 거기 없어도 될 것 같아서 집으로 차를 몰았습니다
운전하는 내내 아무리 생각해도 알 수가 없는 겁니다
어째서 혼자 집으로 가고 있는 거지?
아내는 집에 어떻게 오라고?
생각 없이 시끄럽고 번잡한 카페를 빠져나왔다는
생각을 떨칠 수가 없었는데 차가 도로를 벗어났고
서양측백 빽빽한 방풍림이 닥쳐 하마터면 큰일을 당할 뻔합니다

아슬아슬하게 살아났다고 해도 좋을 그런 상황인데

그런데 그때 어떤 안도감보다는, 어서 돌아가자, 내가 진짜 죽을 뻔했다고 가서 말하자, 하는 마음이 드는 겁니다

카페에서 말고, 아내를 차에 태워 집으로 가는 조용한 시간에

내가 그런 일을 당했다고 이야기를 나누자는 생각이 간절해서

방풍림에서 도로로 유령처럼 조심스럽게 빠져나와 아내에게 돌아가는 겁니다

딱히 신나는 일도 자랑할 일도 없는데

꽤나 들떠서 조급한 심정으로 나는

그녀가 있는 시끄럽고 번잡한 카페로 차를 몰았던 겁니다

아내가 이걸 모르겠다 싶었다

소설을 덮었더니 아내가 없었다. 나는 중요한 인물을 놓쳤구나, 시간이 너무 흘렀구나 싶었다.

검은 머리 파뿌리가 되도록 책을 읽겠구나 싶었다. 밤이 얼마나 깊었냐 하면 아까 만진 게 너의 발인지 영혼인지 모르겠다 싶었다.

소설 속 배경은 뉴욕이었다. 어쩌면 거기가 아닐 수도 있겠다 싶었다. 배경마저 버리고 나갔나 싶었다.

어둠 속에 사람 하나 사람 둘…… 그리고 고양이나 컵을 센 것 같았다. 좋은 책은 독자에게 말을 거는 법이라는 생각에 빠져 있고 싶었다.

그 생각이 얼마나 깊었냐 하면 세상엔 정말 천사

가 존재해서

종잇장 같은 손을 바다 밑으로 끝없이 내려주고 있었다. 고난, 위기, 죽음을 극복한 주인공이 살겠구나 싶었다.

아내가 이걸 모르겠다 싶었다. 대서양을 표류하는 인물을 향해 손을 뻗었다가 손목이 녹고 어깨가 무너지고 마음까지 그랬구나 싶었다.

밤이 얼마나 깊었냐 하면 어둠 속에 눈빛이 영혼 같이 빛났다. 책 속엔 정말로 그런 게 존재해서

사람을 사람이 구해주고 있었다. 자유와 시간이 무한히 남았구나 싶었다.

하지만 내일은 꼭 운이 나쁘지

×

그 장면은 동그랗게 판 참호의 흙벽에 기대어 앉은 젊고 아름다운 군인과 그의 소총을 비추고 있다. 하지만 너무나 어둡고 조용한 나머지 젊은 군인의 아름다운 눈빛과 입술은 잘 표현되지 못하고 있다. 하지만 너무나 어둡고 조용한 그 장면은 젊은 군인이 속삭이는 여리고, 낮은 노랫말을 강조하고 있다.

×

다람쥐와 고래가 있었네
한 아이는 다람쥐처럼 작고 빨라서
다른 아이는 벌써 고래처럼 크고 힘차서
친구들 별명이 그랬네

다람쥐와 고래가 매일 만나네
어제는 공동 방목지를 뛰놀고
오늘은 노예들 규방을 구경해
하지만 내일은 꼭 운이 나쁘지

다람쥐가 먼저 달리고
고래가 뒤를 쫓았네
하지만 고래가 먼저 넘어지면
다람쥐도 따라 넘어졌네

그런 다람쥐와 고래가 살았네
어제는 공동 방목지에 누웠고
오늘은 규방 썩은 내를 맡았지
그리고 내일은 꼭 운이 나쁘다

다람쥐가 먼저 잡혀서
고래도 따라 잡혔네
백작의 포도밭 경계석을
백작의 고귀한 경계석을

고래의 발이 먼저 찼고
다람쥐의 발이 따라 찼지
정말 다람쥐만큼 작고 빨랐다면
정말 고래만큼 크고 힘찼다면

다람쥐와 고래도 어른이 되었겠지
백작의 병사와 칼을 피했겠지
그 별명만큼만 작고 빨랐다면
그 별명만큼만 크고 힘찼다면

×

그 장면을 떠올리며 책을 덮었다. 이제 사람은……
우주로, 우주로 나가는 것이다.

×

그리고 나는 순한 개를 받아와서 같이 산다 스위스
친구가 왜 그것에 나라 이름을 붙였는지 모르지만
스위스에 대한 나의 사랑은 어쩔 수 없이 깊어진다

둥글고 하얗고 이미 너무나 오래 살아버린 스위스
친구가 왜 작은 여행 가방 하나를 남겼는지 모르
지만
스위스는 육면체, 열어둔 가방 안에 잘 앉아 있다

물론 스위스는 곧 간다

물론 스위스의 죽음은 내 사랑하는 친구를 돌아오게 못 한다

페키치의 『기적의 시간』을 읽은 뒤로 나는 영혼이 둥근 모양이라고 믿고 있다
하지만 스위스의 영혼은 친구가 잘 들고 간 육면체, 닫힌 가방 모양이라고 믿고 있다

×

그리고 나리, 믿음에 대해서라면 소싯적 가정사를 말씀드리지 않을 수 없네요. 제 아비는 동네 이름난 망나니였고 저와 어머니에게 말도 못 하게 가혹했답니다. 나리들은 자기 노예만 살피고 베네딕투스회 규율은 신자만 지키는 판에 시골뜨기 모녀가 당하는 매질을 누가 막아주겠나요? 나리, 그런

아비가 목숨처럼 아끼는 물건이 있답니다. 술에 취해 아무한테나 주먹질하고 아무 데서나 잠들었지만 무슨 성인聖人 얼굴이 새겨진 금화를 몸 깊은 곳에 잘 지니고 다녔답니다. 저와 어머닌 팔아도 그 금화는 팔지 않을 만큼 소중해, 동네 사람들 모두 알았지요. 하지만 나리, 그게 운이 나빴어요. 술에 취해 커다란 돌을 차서 넘어뜨렸고 하필 그게 백작님 고귀한 포도밭 경계석이라니, 노예라면 목숨으로 갚아야 할 판이었는데. 나리, 백작이 소문을 들었던 겁니다. 망나니 성인 금화에 대한 소문을요. 우렁찬 목소리에 초목이 떨립니다. 그래! 발목이냐, 금화냐! 짙은 안개 속에서 백작이 묻는데 제 아비가 금화 대신 기꺼이 발을 내놓았던 겁니다. 제 아비는 쥐처럼 재빠르고 범고래처럼 포악했답니다. 하지만 잘린 발목에 붕대 감고 돌아왔고 이제 술만 들어가면 신께 눈물 흘려 감사하는 게 아니겠어요? 아아!
이런 값진 금화를 지킬 수 있었다니!

×

그 장면을 떠올리며 책을 덮었다. 이제 사람의 생각은…… 우주로, 우주로 나가는 것이다. 그리고 자신이 속삭이는 노랫말 속에서 잠든다. 그리고 안전하고 따뜻한 미래의 음식을 생각한다. 하지만 우리는 곧 벌레도 먹게 될 거야. 거저리, 거미, 지렁이.
너무나 작은 것은 아무도 불쌍히 여기지 않는다.

×

생태학습이 끝나고

선생은 석고 사육장의 개미 군체를 소각장으로 던졌다.

그리고 장면은 전시관에 처음 들어선 소녀와 그녀의 눈빛을 비추고 있다. 하지만 그곳에서 너무나 황홀한 나머지 소녀는 어쩔 수 없이 깊어지는 자기 감정을 잘 이해하지 못하고 있다. 하지만 소녀는 성인이 되어서도 놀랍고, 이미 너무나 오래된 그 기억을 떠올리며 사랑에 대한 믿음을 굳혀가고 있다. 그런 믿음에 대한 사랑을.

그날 아버지 손을 잡고 따라간 '실물 고래 사진전'의 향유고래를 본 뒤로 그녀는 아버지와 동급생의 왜소함에서 아무런 매력을 느끼지 못하게 된다.

×

그리고 여기까지 모든 장면이 조용한 머릿속을

떠나지 않는 것이다
　가방처럼 오래된 결심에 이름을 붙이고 그것을
사랑하는 친구에게 남긴 뒤로는

당신은 당신에게 잘못할 수 없습니다

거울을 보면 거기 당신과 똑같은 얼굴이 있습니다
하지만 사람을 보았는데 당신과 똑같다고 느낀다면…… 큰일 아닙니까
착각이거나 그자가 당신의 아들딸이거나 그것도 아니라면
그를 몹시 존경하는 것 아닙니까 어쩌면
그의 불우한 옛날이야기에 혼이 쏙 빠져서
비밀과 슬픔을 그에게 다 털어놓은 것은 아닌지
사랑 아닙니다
아침마다 당신은 당신 얼굴에 키스하며, 너를 사랑해 말할 수 있습니까
조금 울 것 같아서 거울을 보았는데 정말 눈물이 날 것 같다
똑같다고 생각했더니 위로를 받는 것 같다……
큰일 아닙니까

거울도 사람도 납작한 뒷모습만 남거나
당신이, 문제는 결국 나였어 후회하게 된다면
잘못 아닙니다
당신은 당신에게 잘못할 수 없습니다
생활에 시달리지 않으면 알 수가 없습니다 똑같은 얼굴에 대한 갈망을
저렇게 반짝이는 어떤 풍경 속에 또 다른 내가 존재하길 바라는 마음을
카페에 앉아 있는 어느 소중한 휴일에
그 카페에 앉아 있는 자기밖에 머릿속에 떠오르지 않을 때
큰일 아닙니다
당신은 당신을 더 기다릴 수 있습니다 당신과 다른 얼굴 앞에서
비밀도 슬픔도 없이 그럴 수 있습니다

이 수박을 들고 너를 찾아가고 싶다

이 수박을 들고 너를 찾아가고 싶다.

어떤 소설은 50년, 100년 정도는 훌쩍 뛰어넘어, 선명한 줄무늬처럼, 사람의 성장을 한눈에 그리기도 하지만, 겨우 걷기 시작한 네 아이는 대체 언제 다 자랄까? 수박 써는 우리 옆에서 땀 뻘뻘 흘릴 네 아들이 다 컸을 때 여기 여름은 얼마나 더 더워질까? 마트에서 수박을 두드리며 너를 생각했다. 다 같이 배고픈 정오에 너를 찾아가고 싶다고 생각했다. 선명한 줄무늬처럼, 어떤 영화는 광활한 숲과 들판, 또 다른 숲, 들판을 훌쩍훌쩍 뛰어넘어, 서로 멀리 떨어진 두 사람이 같은 음식 먹는 장면을 그리기도 하지만, 너는 먼 곳으로 떠나는 일 같은 건 꿈도 못 꾼다. 시간은 네가 앉아서 쉴 자리에 자꾸만 물건을 쌓아둔다.

나는 수박을 들고 무더운 길을 걷는다. 이 수박

이 특별한 맛을 냈으면 좋겠다. 수박이 우리의 오전을 오후로 금방 바꾸어주면 좋겠고, 그래서 네가 오늘과 여름을 미워하지 않으면 좋겠다. 예배의 지루한 순서처럼, 위안이 되는 익숙한 형식처럼, 현관에서서 나는 아이를 받아 안는다, 너는 아이와 바꾸어 수박을 들어 안는다. 서로에게 먼저 들어가라 권한다. 진짜 우리는 친구 같다. 거짓말같이 선명한 줄무늬처럼, 너와 나 사이에 흐르는 시간이 한눈에 그려지는 것 같다.

사랑 없이 죽어버린 사람처럼

의사는 환자와 함께 떠내려간다
둘은 서로에 관하여 무관심했지만

의사는 상처에 붕대를 감아주었고
환자는 아프면 아프다 소리를 질렀다

사랑은 없었다 하필 크리스마스 지나
겨울철 홍수가 났고 의사와 환자는
풀리다 엉킨 붕대처럼 떠내려갈 뿐

찔레나무 꺾이고 벽이 무너져서 함께
가다가 의사는 환자 붕대를 붙잡고
환자는 아파서 아프다 소리를 지르고

그렇게 사랑 없이 같이 떠내려갔다

이름도 모르는 의사 하나 환자 하나
꺾인 찔레나무 무너진 벽돌 몇 장

홍수가 나지 않았다면 겨울 지나 봄까지
의사는 끝없는 붕대를 감았을 것 환자는
여름이 다 지나도록 소리소리 질렀을 것

그런데 의사는 환자와 함께 떠내려간다
병원 외벽 위로 찔레꽃 돋는 것도 못 보고
그렇게 사랑 없이 죽어버린 사람처럼
인사도 못 한 계절처럼 다 떠내려갔다

전처가 여길 약속 장소로 정했다면
이유가 있을 것이다

여긴 왜 이리 재미가 없니,
그래도 너무나 예쁜 곳이구나.
나는 낡은 상가로 들어서며 속삭인다.
전처가 여길 약속 장소로 정했다면 이유가 있을 것이다.
주변 정류장이 없으니 그녀는 급히 택시로 온다.
나는 낡은 상가를 걸으며 짐작한다.

나는 낡은 상가의 긴 복도 끝에서 멈추었다.
그리고 돌아서서 반대 방향으로 다시 걷는다.
그리고 좀 생각을 고쳐먹는다.
낡으면 예쁜 것들이 남게 된다.
그래도 사람이 사라지는 곳은 재미가 없구나.

그녀가 여기를 약속 장소로 정하고, 택실 타고

와서

복도를 왕복하는 날 잠시 부르지 않고 지켜본다면

거기에는 어떤 우정의 이유가 있을 것이다.

어떤 미래처럼, 예쁘고 재미없는 상가를 걷기.

사람이 드물어서 낡아가는 긴 복도를 걷기.

아내를 지나 양을 지나 염소를 지나……

흔들리는 밤길을 걸으며 아무 별 하나를 쳐다본다. 그러나 그저 희미한 별, 빛나는 별 같은 생각으로는 충분하지 않은 것이다. 나와 별 사이의 거리를 살아 있는 것들로 채우고

나의 생각이 별까지의 거리를 한 번에 뛰어넘을 수 없도록 하는 것이다. 아내를 지나 양을 지나 염소를 지나…… 별을 향하여 최대한 사지를 쭉 뻗은 채 최선을 다하는 생명들을 떠올린다.

하지만 별은 너무나 멀다. 자꾸만 그저 희미한 별, 빛나는 별을 향하여 생각이 간다. 내가 아는 살아 있는 것이라곤 나의 아내, 어느 책에서 본 양, 어디서 읽은 염소 그리고 다시 양……

깊은 잠에 빠질 것 같다. 나와 별까지의 거리, 깜깜한 밤길이 나를 집으로 돌려세운다. 집까지의 가로등이 생명을 줄 세우는 별이 될 수는 없는 것이다.

현관문이 잠든 가족들을 깨우며 쾅, 하고 닫힐 때

어둠을 뚫고 강아지가 꼬리를 흔들며 마중 나올 때, 그것을 안아 들었을 때, 나의 두 발이 공중으로 조금 떠오를 때, 별을 빛나게 하는 생명에 대해 빼먹은 생각이 너무나 많았던 것이다.

길은 어떻게든 다시

길은 어떻게든 어떤 소리를 들려준다.
개는 개를 만나서 짖기 시작하고
부주의한 아이가 흘린 동전들이 굴러가고
급정거한 자동차 밖으로 고개 내민 남자가
새끼 똑바로 안 다녀? 소릴 지르니까
아이의 형이 먼저 울기 시작하고
동전을 찾은 아이도 따라 울지만 어쨌든
개는 개에게 곧 시큰둥해져 멀어지고
아이는 자기 동전을 줍고 형은 어쩐지 화가 나
먼저 걸어가버리고 멀리 자동차는 사라진다.
하지만 이런 건 아무것도 아니지.
바람에 쓸리는 나무들의 소리가 침묵처럼
길 위의 이런저런 일들을 금방 덮어준다.
살아 있는 사람에게 길은 어떻게든 다시
소리…… 침묵…… 소리로 이어져 형은 다시

동생의 손을 잡고 개는 최고로 주인을 사랑하고
모든 자동차들도 무사히 집으로 돌아갔으면 한다.
길바닥으로 떨어지는 봄, 여름, 가을 산산조각
나고
왜 그래, 나한테 왜 그랬어! 사람이 사람의 마음에
소릴 지르고 보수공사로 길이 온통 덜덜거려도
이런 건 아무것도 아니지. 살아 있는 사람에게
길은 어떻게든 다시 어떤 소리를 들려주고.

에이의 침울한 기분은 새로운 것입니다

어젠 억울한 일이 있었고 오늘은 답답한 소식이 있다…… 그리하여 우리의 에이는 침울한 삶의 주인공이 됩니다. 정확히는 반복되는 삶의 침울한 주인공이랄까요.

정확히는 ……과 같은 말이 소용없을 지경입니다. 너는 작년에도 침울했고 올해도 침울하다, 같은 대화가 에이를 더욱 슬프게 합니다. 물론 에이의 삶은 매일 똑같이

그가 사가정역에서 면목역까지 퇴근 시간 비좁은 인도를 걷게 만들었고, 걷다가 허기진 그가 담배를 물게 만들었고, 가끔 다른 어깨에 부딪히고, 목은 마르고, 종종 오해받지만 되받아칠 똑똑한 말은 나중에 떠오르고, 사람도, 냄새도 다 싫다가, 문득 아까 회사에서 멋지게 처리한 일이 떠올라 어쩐지 자기 진로에 대하여 그가 안심하도록 만들었

다…… 그렇다 해도

에이의 침울한 기분은 새로운 것입니다. 두 바퀴만 돌아도 벌써 지겨운 동네 공터에 5층 빌라가 올라가고 있습니다. 정확히는 원래 거기에 무슨 건물이 있었나 생각나질 않는다, 열두 달이 두 바퀴만 돌아도 나의 눈에, 우리의 기억에, 우리들의 도시에 새로운 것이란 없다,

반복되는 삶의 깊이에 풍덩 빠져 있기에, 밥이건 음악이건 그게 입으로 들어가는지 코로 들어가는지 알 수 없다…… 그리하여 우리의 에이는 내일 비의 출근길로 뛰어들 것입니다. 그제 당한 억울한 일에 어제의 답답한 소식이 더해져 침울한 자신이 탄생하였음을 토로하기 위하여. 새 건물이 올라가는 것을 바라보며 에이는 비가 오기를 기다리게 됩니다.

"여러분은 아닙니다!"

저는 그가 생각한 것을 생각하려 애쓰고 있습니다…… 강단에 서서 우리를 가르칠 때 그는 강조하고 싶은 부분에서 작은 입술을 잠시 오므립니다. 그렇다면 그것은 중요한 말이 되는 것입니다. 학생 여러분, 제 말을 다 믿지 마십시오! 저의 말 또한 하나의 의견일 뿐이니까! 이렇게 소리치며 우리들 하나하나와 정확히 눈을 맞출 때

저는 그를 따라 '뿐이니까! 뿐이니까요!' 하고 중얼거리며, 미래에 강단 위에 서서 그를 전혀 알지 못하는 어린 학생들을 향해 흔들림 없는 눈빛을 던지는 제 모습을 떠올리는 것입니다…… 그가 읽은 책을 똑같이 사랑하고, 그가 사랑하는 작가를 혼신을 다해 존경하려 애쓰고, 그를 욕하는 자를 용서하지 않겠다고 다짐합니다만

저는 한낱…… 집도 없고 아내도 얻기 힘든 가난한 학생일 뿐입니다…… '뿐이니까요!' 하고 중얼거린대도 그것이 중요한 말이 되지는 않고 그 누구보다 그를 아끼고 있지만…… 어쩐지 그가 권하는 책과 작가들은 하나같이 어렵고 견딜 수 없이 지루해서…… 곧 깊은 잠에 빠져들고 마는 제 어깨에 그의 다정한 손길이 닿는 것입니다.

학생 여러분, 제 말을 다 믿지 마십시오! 그러나 전 부족하지만 여러분은 아닙니다! 이렇게 소리치며 우리들 하나하나와 다시 눈을 맞출 때, 저는 그를 따라 그의 책을 사랑하고, 그의 작가를 존경하고, 그가 미워하는 편을 함께 미워하겠다고 다짐합니다…… 그의 교실은 재능과 무능이 아무런 편견

없이, 최고로 공평하게 다루어지는

장소인 것입니다. 그의 책이 가난을 이긴 사랑을 말하고, 그의 작가가 육체마저 초월하는 사랑을 이야기하고, 그리고 이제 강단으로 도로 올라간 그가 우리를 향해 흔들림 없는 눈빛을 던지며 이 공간을 감싸고 있는 사랑의 온기에 대해 언급할 것이기에…… 저는 그가 생각한 것을 생각하려 애쓰고 있습니다. 저는 그를 따라

'여러분은 아닙니다! 당신은 부족하지 않습니다!' 하고 다시 중얼거리는 것입니다. 미래의 학생들을 향하여, 그와 그의 작가를 전혀 알지 못하는 어린 그들을 향하여, 저는 가난과 육체, 시간과 공간을 뛰어넘는 사랑을 강조하며 입술을 오므릴 것

입니다…… 어디에서 무엇을 가르치든지 그의 사랑과 생각이 중요하지 않을 리 없지만

어쩐지 당장은…… 그가 권하는 책과 작가들은 하나같이 어렵고 견딜 수 없이 지루해서…… 집도 없고 아내도 얻기 힘든 가난한 학생의 어깨 위로 그의 다정한 손길이 닿을 때. 밤새 일터를 지키는 동안에도 가끔 입술을 오므리며 저는 미래의 여러분을…… 하지만 그것은 중요한 말도 생활도 되지 않고……

우리는 바닥을 치우다가 사랑을 나누었다

나는 3년 전 오늘이 회색빛으로 덮였다는 것을 안다. 그러니 친구, 너는 이제 집으로 돌아가도 좋다. 어스름과 자전거로 뒤덮인 천변이 다시 어둠으로 한 번, 불빛으로 또 한 번 짓눌릴 때 나는 4년 전 녹색 통학 버스가, 5년 전 한여름의 교정校庭이 회색빛 아래 무너졌다는 것을 안다. 그러니 너는 이제 집으로 돌아가도 좋다. 그 집은 문을 열어두면 바람과 빗물과 네가 꿈꾸던 나의 모습이 방 안으로 들이쳐 우리는 바닥을 치우다가 사랑을 나누었다. 나는 6년 전 입학식이, 그 입학식보다 훨씬 더 오래된 건물터, 터에 무성하던 잡초, 그것을 키운 무심한 낮별이 이제 회색빛 가루로 휘날리는 것을 안다. 그러니 너는 집으로 돌아가도 좋다. 어린 내가 옥상 낮은 난간에 기대어 듣던 다급한 목소리가 오늘 새벽 집으로 돌아오는 길의 건널목 보행 신호로 깜박였

기에, 나는 10년 전에 내다 버린 노란색 모자, 그 모자보다 훨씬, 훨씬 더 오래전에 만들어진 나의 머리통이 먼지로 뒤덮였다는 것을 안다. 나는 술에 취한 친구를 깨워 집으로 돌려보내지 않고서는 마음이 놓이지 않았기 때문에, 다시 천변으로 돌아가서, 테이블에 엎드려 잠든 너의 어깨를 흔들었던 것이다. 그러자 친구는 서서히 고개를 든다. 그리고 나의 시끄러운 생각이 전부 들린다는 듯이 너는 찡그린 채 나를 쳐다보며 말했다. 친구, 너는 집으로 가서 이제 돌아오지 않아도 된다.

두 번 만난 친구에게 벌써 섭섭해지는 시간

두 번 만난 친구와 세 번째 만나기 위해 혼자 놀이터에 나가 시간을 죽이는 어색한 시간. 놀이터와 아파트 사이 철제 울타리로 떨어지는 빛살이 30년 전 주말 같아서 문득 쓸쓸해지는 시간. 그런데 어차피 빛이란 균일한 것인데? 하고 감상을 돌이켰으나 회양목과 노란색 울타리가 눈꺼풀 아래로 들어오는 시간. 그러다 눈 비비며 졸음 참는 시간. 주말에 밥 먹고 술 마시러 나왔는데 슬픔 비슷한 기분에 빠지다니, 조금 놀라는 시간. 또 슬픔 비슷한 기분에서 금세 빠져나와 술자리를 기대하는 내가 웃기고 대견한 시간. 시간이 좀 지난 것 같은데? 하고 두 번 만난 친구에게 벌써 섭섭해지는 시간. 연락이 없으니 할 일도 없는 시간. 그런데 잘 생각해보면 할 일이 없을 리 없는 시간. 다시 철제 울타리, 회양목으로 눈길 던지는 시간. 하지만 두 번째라서 쉽게 빠져나

오지 못하는 시간. 두 번째라고 또렷해지는 게 아니라 조금 더 조용하고 흔들리는 시간. 하지만 슬픔 비슷한 것은 눈물이 되지 않는 시간. 그래, 사실 나는 지금과 다르게 살 수도 있었지, 고작 그 정도 생각에 빠지는 시간. 그런데 슬프다 마는 그렇고 그런 생각이 이마를 들쑤시기 시작하는 시간. 아까 눈꺼풀을 통과한 빛은 아래로 아래로 한참을 더 내려가는 중인데, 여전히 친구는 연락이 없는 시간. 그렇다고 다 큰 어른이 놀이터에서 놀 수도 없는 시간. 울음을 짜낼 수도 없는 시간. 잠시 갇힌 시간. 갇힌 김에, 빛보다 빠르게 나의 생각이 빛살을 거슬러 오르는 시간. 동시에 세 번째 빛이 두 번째 빛을 놀이터 밖으로 밀어내는 시간. 어차피 빛이란 균일한 것인데…… 감상을 돌이키기 직전의 시간. 친구는 분명히 오고 있고 이따 술을 먹든 밥을 먹든 하게 될 시간.

우리는 올가을 학동사거리에서 결혼할 것이다

8월 한낮의 사거리는 빛난다

무더운 세미나실에 앉아 죽음이 인간을 완성한다는 대목을 곱씹으며, 그런데 우리가 20년 전에 만났다면 많은 게 달라졌을 테지? 속삭였다 여기서 우리란 방학 중에도 미래에 대한 불안을 이기지 못하고 여기 모인 대학원생 가운데 나와 그녀

우리는 올가을 학동사거리에서 결혼할 것이다

10월의 사거리로 불어오는 바람을 맞으며 우리의 친구들은 식장으로 가파르게 이어지는 언덕을 우르르 오르고 있을 텐데 그렇지…… 20년 전이라면…… 다시금 기억을 천천히 되감으면서

정오를 막 넘긴 지금부터 우리의 식까지 고작 두 달이라는 시간, 그리고 학교 정문에서 학동까지 고작 9킬로라는 거리가 꼭 책 한 권처럼 느껴졌다 왼손에 쥔 이 두꺼운 책등의 무게처럼 우리의 생각이 한군데로 잘 모여 우리를 이루었다고 느낀다

600쪽까지 얼마나 남았는지 헤아리면서, 20년 전 8월 바로 오늘 한낮의 사거리에서 우리가 마주쳤다면? 이 거대한 대학교 정문 뒤로 깨끗하고 시원한 교실들이 끝도 없이 이어진다고 생각했을 텐데

너무나 눈부시다…… 책과 인생을 자기 손에 단단히 쥔 언니 누나들이 사거리로 쏟아져 나오는 걸 바라보면서 나지막이 중얼거렸을 테지 이렇게 에어컨이 고장 난 무더운 세미나실 같은 건 생각 못 하고

우리 사이에 놓인 인간 완성에 관한 책, 고작 두 달이라는 시간과 고작 9킬로의 거리 같은 건 상상도 못 하고 말이야. 점심시간 우르르 빠져나가 다시 금 사거리를 가득 메울 우리와 친구들 삶이 어느덧 특별하게 끝나버렸다는 걸 말이야.

빛으로 얼룩진 인파 속에서 우리가 20년 먼저 만났더라면…… 그때부터 20년 동안 조금씩 함께 생각을 바꾸어가며 여기까지 걸어왔다면 우리……

12월 학기를 마치고 제주도 신혼여행을 떠날 것이다. 열 번 스무 번 넘게 다녀온 제주도를 돌고 돌다가 또 다른 책 한 권을 새로운 마음으로 시작하기 위해

당신의 유산은 이해받지 못하고 있다

당신은 숲속에 숨겨진 보물을 찾아 떠난다. '제일 앙상한 나무 아래!' 죽기 전 아버지가 겨우 말했다. '모두 헛소리!' 문 차고 가출하는 형이 힘껏 외쳤다. 당신은 가난하고 지루한 생활을 통째로 바꾸어줄 보물을 찾아 떠난다. '꼭꼭 씹어서!' 영문 모르는 어머니가 도시락을 건네며 당부했다. '도움이 필요하면 언제든지!' 아버지를 다 묻은 삼촌이 조심스레 속삭였다. 당신은 황금빛 미래를 떠올리며 오늘도 숲속을 헤맨다. 당신은 할아버지의 아버지가 보물을 처음 숨겼다고 할아버지가 말한 것을 아버지로부터 전해 들은 것이다. 당신의 진정한 삶을 할아버지의 아버지는 이미 몇백 년 전 양가죽 포대 속에다 전부 준비해둔 것이다. '오는 길에 염소젖!' 찡그린 아내가 저녁 식재료를 부탁한다. '이번엔 수컷으로!' 자다 깬 아들이 사슴벌레를 요구한다. 당신은 홀로 보물을 찾아 떠난다. 당신의 유산은 이해받지 못하고 있다. 당신의 할아버지의 아버지의 작은 양가죽 포대 속에 바로 그것이 담겨 있는 것이다. 숲에서 제일 앙상한 나무가 그것을 증명한다.

그가 춥다면 나의 생각이 그의 외투에
단추 하나 덜 달았기 때문에

생각 속 남자는 허무하지 않다 만일 그가 춥다면 나의 생각이 그의 외투에 단추 하나 덜 달았기 때문에 모자에 들어갈 바느질 한 번을 빼먹었기 때문에

한겨울에도 그는 광장으로 나갔다 정말 목이 다 쉬도록 외치고 또 외쳤다 그의 목소리가 멀쩡하다면 남자가 목청을 높이던 시간 내가 딴생각에 빠졌기 때문에 나의 생각이 며칠쯤 그의 손을 붙잡아 광장 밖으로 이끌었기 때문에

그는 집으로 돌아와 아이와 산책한다 아이는 자동차 바퀴만 보면 만지고 돌리고 싶다 문득 남자는 역사의 수레바퀴 같은 것을 떠올렸다 거기서 무수히 깔려 죽겠구나 생각하다가

쿵, 아이가 넘어져 울음을 터뜨렸다면 남자가 손을 놓쳤다면 그건 괜히 나의 생각이 아이를 그에게 넘겼기 때문에 사랑도 없이, 사회구조니 역사의 흐름이니 하는 말에 홀렸기 때문에

생활과 가족이 짐이라는 생각에 빠졌기 때문에 정말 중요한 건 생각이고 더 중요한 건 마음이라는 유행 지난 교훈 때문에 생각 속 남자, 오늘은 죽지 못한다

그건 내가 아직 그를 다 모르기 때문에 여름이 돌아오면 다시 광장에 나가 그가 연설을 시작하기 때문이고 그날까지 계속될 그의 침묵에 내가 어쩔 줄을 모르기 때문에

도둑도 마음도 아까 놓쳐버린 것 같다

몇십 년 동안 수도 없이 그러나 거의 기계적으로 반복한 일들

가령 밥 먹고 물 마시기, 출퇴근 버스나 지하철 타기, 집으로 돌아와 키스하고 강아지 산책하기 같은 일상을 돌아보았을 때 어쩌면 그것은 꼭 내가 한 일이라기보다는

지금껏 나 없이 잘 굴러온 것 같다 포만감, 창밖의 풍경, 예쁜 강아지와 입술을 조금씩 빼앗긴 것 같다

몇 달 치 기분이 머릿속으로 우르르 쏟아져 흩어지는 것 같고

생각이 다 흩어지는 것 같고 이러다간 죽어서도 떠돌 것만 같다 죽은 자의 영혼이 존재한다면

찢어진 투명한 그물처럼 담장 위에 걸려 생각 없이 영원히 휘날릴 것만 같다

어느 날 도둑이 그 담장을 넘어 빈집을 넘봐도 나의 영혼은 힘도 못 쓸 것 같다 도둑도 마음도 아까 놓쳐버린 것 같다 다 큰 자식도 못 알아볼 것 같다

아내를 잊고 싶지 않다 그녀를 깨워서 같이 밥 먹고 물 마시고 키스하고 싶다

하지만 어느 날 끝내 잠에서 못 깨어난 그녀가 스르르 담을 타고 집을 나가도 모를 것 같다 내가 기다리는 것들 다 사라졌는데 영원히 휘날리며 기다릴 것 같다

개 짖는 소리에 깜짝깜짝 놀라며 몇십 년에 걸쳐 조금씩 더 찢어지는 것 같다

뜨겁거나 차가운 생각

다 늙은 에이커 씨는 어떤 사람이, 대체 무엇이 되고 싶은 걸까?

로마 에이커. 나의 사촌의 팔촌 정도 되는, 요크 애비뉴에 예쁜 목조 주택을 여덟 채나 가진 그가

진정한 자기를 찾고 싶다는 허황된 생각에 사로잡혀 끝내 외딴섬으로 떠나버린 이야기를 듣고 있자니 머리까지 지끈거렸다.

허황된 생각? 자네는 정말 그걸 그렇게 생각하나?

상기된 얼굴로 되묻는 이 친구가 바라는 대답을 나도 모르는 바는 아니나, 어쩐담? 나는 오늘 그의 기분을 받아줄 생각 따위 전혀 없는 것을.

졸지에 남편과 아버지를 잃은 가족들은?

에이커의 얼음 공장과 거래하며 생계를 이어가던 업자들,

그 남자 밑에서 일하며 자식을 먹여 살리던 수많

은 노동자들은? 하고 따지고 싶었지만, 나의 대꾸가 부정적이건 긍정적이건 상관없이 우선 어떤 말이라도 내 입에서 끌어내어, 그것을 받아, 결국은 자기 말을 이어가려는 친구의 기분 따위 받아줄 마음이 전혀 들지 않는 것을?

자문자답을 반복하다 지쳐버린 친구는 입을 닫았다.

나는 갓 스물을 넘긴 에이커 부인의 눈부시게 아름다운 자태와 그녀의 우울한 미래를 떠올렸다. 나는 그녀가 떠안은 감당하기 어려울 만큼의 엄청난 재산과 슬픔을 떠올렸다.

그때 친구가 겨우 짜내는 듯한 목소리로 힘없이 덧붙였다.

하지만 이보게…… 부자가 재산을 버리는 일은 낙타가 바늘구멍 통과하는 일만큼이나 어렵지 않겠나?

그는 다시 입을 다물었고 뜨거운 한낮 요크애비뉴의 침묵 속에서 나는 그의 말을 받아 혼자만의 생각을 이어갔다.

그래! 실제로도 꼭 낙타같이 더럽고 게으르게 생긴 그 늙은이가 마침내 큰일을 저질러버린 것이군! 제 인생과 아내의 인생을 한꺼번에 망쳐버린 거야!

카페 건너편 큰길 넘어 에이커 씨의 웅장한 주택이 위용을 과시하는 어느 여름날의 일이었다.

, 같은 엔딩을 누군간 생각하지만

내가 숲, 이라고 말하면 누군간 멀리 떨어진 곳을 상상하지만

사실 숲, 이라는 곳이 꼭 외지고 울창한 것만은 아니다

하루에 열 시간씩 노동하고

어쩌면 옆 사람을 사랑하고 용서할 시간과 마음마저 다 끌어모아

나는 잘하고 있다, 점점 나아진다, 하며 자기 생각을 다잡아야 하는 나의 친구는, 근교 공원 인공으로 조성된 숲이 없었다면 벌써 미쳐버렸을 것이다

해변, 이라는 말을 들었을 때 나는 아주 고요하고 어느덧 쌀쌀한 바람 불어오는 바닷가를 떠올리지만

사실 해변, 이라는 곳이 꼭 낭만과 사색을 즐기

기 좋은 곳만은 아니다

스무 살 넘어 처음 바다란 걸 봤다, 내가 친구에게 말했을 때

그는 탁상 달력 속, 관광객으로 미어터지는 해변 사진을 바라보며, 그렇구나? 했다 8월 말 늦은 여름 어쨌든 우리는 잠시 바다 생각뿐이었다

그런 친구, 라고 하면 그를 사회니 삶이니 하는 덴 무심한 사람이라 말한 것 같지만

사실 그런 친구, 라는 말엔 내가 생각하는 선하고 이상적인 모습도 담겨 있다

그래서 사랑도 낭만도 챙길 겨를이 없던 그가, 어느 날 도시에서 멀리멀리 떨어진 숲으로 들어갔다, 그래서 무변한 바다를 쳐다보며 자기와 타인을 돌아보았다, 같은 엔딩을 누군간 생각하지만

우린 짧은 공원 산책을 마치고 돌아와 조용히 달력을 한 장 넘겼으며, 각자가 가진 숲, 바다, 친구란 말의 의미를 잘 간수하고 있었다

나의 영원한 친구는 설명하지 않기

단 하나의 검은 점도……

우리를 어둠으로 밀어 넣기에 충분하다.

—바슐라르

나의 영원한 친구는 배고팠다. 개포동에서 방학동까지 나를 만나러 덜컹거리는 버스에 긴 시간 몸을 싣고, 부모나 동생과는 나눌 수 없다는 이야기를 가지고 왔다.

그래서 나는 영원한 친구와 마주 앉았다. 이제 중요한 것은

냉소하지 않기, 술 다 마시고 집으로 돌아가 침대에 누워서도

냉소하지 않기, 친구가 진짜 전하려는 말이 과한 농담 속에,

엉뚱하면서도 뻔한 윙크, 어깨동무, 갑작스러운 포옹 속에 담겨 있을 때

냉소 없이, 밤새도록 이어질 길고 지루한 시간을

한 번도 펴보지 않은 도록처럼 그냥 내버려두기…… 내버려두는 식으로 버려두기…… 그러다가 나의 영원한 친구는 몹시 취했다.

그러고는 어디서 읽은, 913년 잉글랜드 세번강 River Severn 상류 주변에서 일어난 불행한 사건에 관해 이야기한다;

눈보라 몰아치는 한겨울

세번강에 상륙한 굶주린 바이킹들이 있었대.

바이킹은 마을에서 혹한을 나기로 한다. 그런데 식량이 턱없이 모자라니

마을 사람 서른을 광장에 다 모으고 커다란 구덩이를 팠대.

어쩔 줄 몰라 하는 주민 가운데 갓난아이의 어머니 울부짖는다.

선량하고 용맹한 분들! 아이는 살려주세요! 여기, 사랑을 베푸셔요!

……뭐라고? 뭐라고? 눈보라가 소리도 마음도 다 삼켜버려

울음 터뜨린 젖먹이는 바이킹 억센 팔에 하늘 높이 던져지고

어머니는 구덩이 속에서 이를 갈며 신께 기도해.

그러다가 영원히 울고 있는 얼굴 위로

흙과 눈발이 쏟아졌대. 창과 피가 쏟아졌대.

그러고는 나의 친구 어디서 읽은 이야기를 다 마치고 개포동으로 돌아가려 덜컹거리는 버스에 몸을 실었다. 그래서 진짜 하고 싶은 말이 왜 하필 그날의 세번강인지, 하필 바이킹이고, 땅에 떨어진 젖먹

이를 도로 안아든 어머니인지…… 중요한 것은 술 다 마시고 집으로 돌아가

나의 영원한 친구는 설명하지 않기. 나는 설명하는 식으로 물어보지 않기.

그리고 언젠가는 새 주인이 든다

좁은 길이 길게 이어지는 마당은 노인에게 좋다
그는 우울하고 섭섭할 때마다 집 주위를 돌며 마음껏 한숨 쉰다
좁은 길이 길게 길게 이어지는 마당은 유아에게 좋다
아이는 허술한 자전거로 오전 내내 그 길을 왕복하고 아마도 그런 장면이 삶의 첫 기억으로 남게 된다
연인은 길고 좁은 마당 끝에 의자와 테이블을 놓는다 그러고는 대부분의 시간을 집 안에서 보낸다
길고 좁은 마당을 걷는 방문객은 감탄한다 다른 누군가는 꽃과 과실수 없는 조경이란 낭비라고 조언한다
그리고 언젠가는 새 주인이 든다 낭만도 아이도 없는 젊은 주인에게 길고 좁은 마당은 좋다
별다른 개성 없이 양편으로 사철나무 관목이 우

거진 길고 좁은 마당은 좋다

모두가 알고 있다 그것을 가질 수 있는 사람은 많지 않다

PIN

016

맞아요, 그 풍뎅이—파주 풍뎅이길

김상혁

에세이

맞아요, 그 풍뎅이
—파주 풍뎅이길

나는 벌레를 싫어한다. 물론 벌레를 좋아하는 사람이 흔한 것도 아니겠지. 나는 새우를 먹지 못하는데, 몇 년 전 어느 술자리에서 내가 새우 접시를 눈앞에서 치웠더니, 그걸 보고 한술 더 뜨던 선배 시인이 있었다. 존경하는 시인이므로 실명은 생략하고. 하여튼 그가 말했다. 상혁아, 새우, 그렇지, 새우가 좀 그렇지. 맞아, 저게 바닷속에 있으니까 새우네? 하고, 맛있다, 굽는다, 우리가 하는 거지. 저게 땅에서 산다고 생각해봐, 상혁아! 저게 땅을 기어 다니는 벌레였다고 생각해봐, 상혁아. 새우, 그렇지, 새우가 마룻바닥을 기어 다니는 벌레라고 생각해봐. 이 말을 듣고 있자니 정말로 속이 안 좋았다. 새우를 먹지 않는 나의 취향이 이런 식으로 이해받기를 원한 건 아니었는데. 그때 이후로 나는 새우를 보면 벌레가 떠오른다. (여기까지 읽어버린 당신도 앞으론 마찬가지겠지만.)

하여튼 길에다 곤충, 벌레 이름을 가져다 붙이는 행정 권력도 있는 것이다. 여기는 풍뎅이길 말고도 고추잠자리길, 오색나비길, 참매미길, 여치길, 소금쟁이길이 있다. 몇 년 전까진 풍뎅이길 아니고 법흥리였는데, 이건 우선 발음이 쉽지 않았다. 범홍리요? 아뇨, 법흥리요. 법응리? 아뇨, 아뇨, 헌법할 때 '법'이오, 흥겹다 할 때 '흥'이오. 전화로 주소를 불러주면 보통 이런 식이었다. 도로명주소가 확정된 이후에도 많은 이들이 구주소를 사용한다. 나는 도로명주소 변경 통보문을 받은 그날 즉시 풍뎅이길을 사용하였다. 이제 전화로 집 주소를 불러주면 저쪽에서 따뜻한 말이 돌아온다. 파주, 풍뎅이길요? 이름 참 예쁘네요. 그 풍뎅이요? 그러면 나도

부드럽게 응답하게 된다. 네, 맞습니다, 그 풍뎅이. 풍뎅이길로 보내주세요.

고추잠자리, 오색나비, 참매미, 여치, 소금쟁이 다 싫다. 고추잠자리는 고추도, 잠자리도 싫다. 오색나비길은 발음이 불편하다. 그리고 어차피 나비도 싫다. 매미에 대해선 안 좋은 기억이 있다. 거울 앞에 서서 청바지를 입으려고 다리 하나를 끼웠는데, 바지통 안에서 뭔가가 푸두두두두, 했다. 어찌 된 일인지 거기 매미 한 마리가 들었던 것이다. 여치도 좋을 리 없다. 여치를 가까이서 본 사람은 다 알 것이다. 그런데 여치'길'이라니. 외형이 모기와 흡사한 소금쟁이도 발음상 문제가 있다. 풍뎅이길처럼 여유로운 느낌이 없다. 여기요? 소금쟁이길요, 하고 말하면, '쟁이'의 뉘앙스 때문인지, 길의 느낌이 좀.

나는 풍뎅이길을 좋아한다. 그런데 오늘 오전, 에세이의 아이디어에 관하여 아내와 이야기하던 가운데 나는 놀라지 않을 수 없었다. 내가 '풍뎅이'를 오해하고 있었던 것이다. 나는 꽤나 열심히 아내에게 풍뎅이를 어필하는 중이었다. 이상하지? 그러고 보면 풍뎅이는 또 괜찮아? 작고, 예쁘고. 나 저번에 풍뎅이 손에 올리기도 했어. 마루 안으로 날아 들어왔는데, 손바닥에 올려서, 조심조심 살려서 내보내주었거든. 그건 좀 날아도 예쁘더라. 등 보면 너무 예뻐. 그거 동글동글 무늬. 여기까지 말했는데, 아내가 말을 끊고 들어왔다. 그거 무당벌레 아냐? 지금 빨간 등에 검은 동그라미 찍힌 거 말하는 거 아냐? 네가 풍뎅이를 어떻게 만져? 풍뎅이 막 번들번들하고, 초록색도 있고. 아내 말이 맞았다. 내가 살려서 내보낸 곤충은 무당벌레였다. 구글 이미지 검색으로 풍뎅이를 살펴보니 그건 내가 생각하던 그 모습이 아니었다. 아내 말마따나 어떤 풍뎅이는 실제로 초록색이었고…… 하여튼 아니었다. 아내가 덧붙였다. 근데 내가 저번에도 말했는데. 그거 풍뎅이 아니라고.

그래도 풍뎅이길은 여전히 좋다. 1999년 나는 수능을 보고 무슨 특차전형에 지원하여 또 면접을 봐야 했다. 왜 하필 우리 학교에 지원했나요? 면접관으로 나온 교수가 물었고, 그때 나는 꽤나 뻔뻔하게 대답을 잘했던 것 같다. 교수님, 저는 대학교란 곳을 처음 와보았습니다. 이렇게 넓은 줄 몰랐고요. 이렇게 자유로울 줄 몰랐습니다. 솔직히 저는 이 학교를 잘 몰랐어요. 그런데 여기 오늘 처음 와서, 이렇게 이곳이 좋아지니까, 여기 이름마저 좋습니다. 면접을 보러 올라오면서, 이 학교 이름까지 좋아하게 되었다는 게 정말 신기하고 좋습니다. 저는 여기를 좋아합니다! 나는 합격했다. 그날 25명이 면접을 보러 왔고, 합격자 다섯 가운데 내가 있었던 것이다. 지금껏 살면서 나는 수많은 교수를 만났다. 하지만 그때 그 교수만큼 나에게 인자한 표정을 지어준 교수는 없었다. 사랑받나 싶었다.

그저 가벼운 에피소드지만 나는 그때 장면을 떠올리면 코끝이 찡하다. 어처구니없게도, 그 말이 진심이었기 때문이다. 물론 왕복 다섯 시간 통학에 몇 주 시달리다 보니, 애교심 같은 건 즉각 사라졌다. 그래도 그날의 면접장, 다섯 교수 앞에서, 이름에 관하여 내가 주워섬긴 이야기는 잊을 수 없다. 그게 성공의 기억이기도 해서였겠지만. 전액 장학금 준다고 해서 왔다는 말을, 무슨 솔직한 심정이랍시고 떠들던 애들은 다 떨어졌으니까. 그때 나는 내 말을 내가 들으며 뭔가를 배우고 있었다. 이름이란 게 마구 붙여서는 안 되는 무엇 같았다. 마구 붙은 이름이 존재한다면 그건 모욕 같고, 그런데 그렇게 모욕처럼 마구 붙은 이름까지 사랑하는 사람도 어딘가에 있을 것만 같다. 길에다 벌레 이름을 붙이기로 처음 마음먹은 사람은 대체 누구였을까? 어떤 머리에서 그런 징그러운 생각이 나왔을까? 그래서 잠자리, 나비, 매미, 여치, 소금쟁이 다 싫지만.

나는 풍뎅이길을 좋아한다. 사실 여기에는 아무것도 없다. 밤에는 별이 좀 많이 빛나고, 낮에 하늘이 좀 높고 깨끗하고, 아침엔 공기가 좀 신선할 뿐, 다른 건 없다. 아이가 태어나기 전엔 몰랐는데, 집에서 나와 서른 걸음만 걸으면 놀이터가 두 개나 있다는 것도 소소한 장점이긴 하다. 참고로, 차로 3분 거리에 중형 마트도 있다. 얼마 전 걸어서 5분 거리에 꽈배기집이 개업했는데, 거기서 꽈배기 먹어

본 사람은 다른 데선 못 사 먹는다. 파주 관광 코스로 유명한 헤이리마을도 차로 5분이면 간다. 평일에 나가면 꼭 관광지 전체를 전세 낸 기분이다. 그래도, 그래도, 풍뎅이길 위엔 뭐가 별로 없다. 편하고 맛있고 멋진 것들은 풍뎅이길에서 조금씩 다 떨어져 있다. 그렇게 조금씩만 떨어져 있어서, 막상 풍뎅이길엔 뭐가 별로 없어도, 그 뭔가가 있는 곳으로 아내와 나는 금방 갈 수 있다.

아내는 특히 풍뎅이길이 마음에 든다. 결혼 허락도 받기 전에, 우리가 살 집을 여기다 짓겠다고 마음먹은 게 바로 그녀다. 2015년 여름, 우리는 꼭 졸부 땅투기꾼이라도 된 기분으로 파주 탄현면 여기저기를 휘젓고 다녔다. 쪽쪽 아이스크림을 먹으며, 강아지를 데리고, 검정 선글라스를 쓴 채로, 여기 땅 어때요? 여기 땅 얼마나 해요? 하고 묻고 다녔다. 정말로 부자가 된 기분이었다. 그러다가 아내가 문화재로 지정된 묘지 바로 옆 땅을 발견한 것이다. 사장님, 이 땅은 왜 싸요? 문화재 옆이라 2층 건물이 못 올라가요, 절차가 까다롭고, 무덤 옆이라서 싫어하는 사람도 있고. 무슨 시체라도 있어요? 아니, 빈 무덤이지, 뭐가 있겠어, 세종대왕 때 사람 묘인데. 그때부터 아내는 주변을 설득하기 시작했다. (실제 돈줄을 쥔) 우리 어머니는 금방 넘어갔고. 나는 땅이 쓸데없이 넓어서 좀 꺼렸다. 35평짜리 단층이니까 대지는 70평만 있어도 되는데, 땅이 커서 관리도 쉽지 않은 마당만 넓어지는 게 싫었다. 하여튼 우리는 곧 거길 계약했다.

그때 이름은 법흥리였다. 근데 사람이 웃긴 게, 사실 우리에겐 법흥리가 풍뎅이길만큼이나 마음에 드는 이름이었다. 땅을 계약하고 나니 더욱 그랬다. 주워섬기는 게 특기인 내가 말했다. 잔디야, 법흥리, 그렇지, 법흥리란 이름이 좋지. 맞아, 자꾸 들으니까 무슨 법 같아서, 우리가 앞으로 바르게 살 것 같고, 어쩐지 흥도 나는 것 같고. 이렇게 말도 안 되는 이야기를 더하면서 우리는 법흥리를 좋아하게 된 것이다. 여기는 법흥리 말고도 갈현리, 성동리, 축현리도 있다. 갈현리는 우중충한 색깔 같아서 싫다. 성동리는 무슨 배우도 생각나고 무슨 시인도 생각나서 우리 동네 아닌 것 같고. 축현리는 발음이 어렵고. 나는 법흥리는 좋다. 법흥리는 무슨 법 같고 그래서 착하게 살 것 같고, 흥이 많을 것 같고, 발음만 또박또박 하면 누구나 잘 알아들을 것 같았다. 아내도 그런 내 의견에 아주 적극적으로 동의해주었고. 이제 집만 잘 올리면 모든 게 완벽할 터인데…… 2016년 입주하자마자 법흥리가 풍뎅이길로 바뀐다.

그래서 나는 풍뎅이길을 좋아한다. 그러니까 지명이 마음에 든다는 건 무슨 뜻일까? 이름이 좋다는 건 대체 뭘까? 나는 번동이라는 곳에서 30년 가까이 살았다. 그렇지만 번동, 이라는 이름을 좋아한 적은 단 한 번도 없다. 번동 살아요, 하면 반응은 비슷했다. 아, 옛날에 딸기밭! 아, 가수 김흥국 고향! 술자리에서 이런 일도 있었다. 거기서 내가 우파 정부를 좀 돌려서 비난했더니, 같이 술 마시던 어르신이 취해서 불쑥 끼어들었다. 야, 김흥국이 어디 찍었을 거 같애? 니가 좋아하는 사람 찍었을 거 같애? 속으론, 아니 그걸 왜 저한테 물으세요? 싶었지만. 하여튼 번동을 풍뎅이길만큼 사랑한 적은 없다. 물론 거기엔 편하고 맛있고 멋진 것들이 다 있다. 걸어서 5분 거리에 거대한 공원 '북서울꿈의숲'도 있고, 차로 10분 거리엔 맥도날드도 있고, 스타벅스도 있다. 아파트 근처에 내과, 소아과, 피부과도 있고, 심지어 대학원 통학도 자가용으로 15분이면 충분했다. 나는 대학원 마지막 두 학기를 파주에서 다녔는데, 그게 왕복 세 시간이었던 걸 생각하면 번동은 정말 나쁠 게 없었다.

그런데 거기엔 아내가 없었다. 그때 거기엔 아들이 없었다. 거기는 나와 아내가 고른 곳이 아니라, 내 할아버지와 할머니가 정착한 곳이었고, 그래서 어머니에게 각별한 동네였다. 나에게도 그곳이 중요하지 않은 건 아니었다. 그런데 이상하게도, 아내와 연애를 시작하고 결혼을 고려하게 되자, 이젠 그곳을 떠나고 싶다고 생각했다. 파주가 아니어도 괜찮고, 풍뎅이길이 아니어도 좋았다. 양평은 귀여워서 좋고, 남양주는 세 글자라서 좋았다. 경기도 광주도 좋았다. 광주광역시와 지명이 같아서 좋았다.

중요한 게 정말 이름이었을까? 아내를 처음 만났을 때, 김잔디입니다, 그녀 이름을 처음 들었을 때, 나는 일부러 아무 언급도 하지 않았다. 지금껏 그녀는 자기 이름을 소개할 때마다 수없이 질문을 받아왔을 것이다. 나까지 그녀 이름에 달려들고 싶지 않았다. 그렇지만 좋은 건 어쩔 수 없었다. 디야? 디야? 이렇게 줄여 부를 수 있는 그 이름이 좋은 건 어쩔 수 없다.

나는 풍뎅이길을 좋아한다. 사실 여긴 편하고 맛있고 멋진 것들은 거의 없다. 다만, 밤이 오면 수도 없이 많은 별이 빛나고, 낮 하늘이 믿을 수 없을 만큼 창창하고, 아침 공기는 너무나도 신선해서 머릿속을 한 번 깨끗하게 씻어낸 것 같은 기분이 든다. 하지만 나는 그다지 풍광에 신경 쓰지 않는 편이다. 이건 다 아내한테나 좋은 것들이지, 하고 생각한다. 어머니가 참 좋아하시겠네, 생각한다. 풍뎅이도 결국 벌레니까, 풍뎅이가 예쁜 무당벌레도 아니니까. 풍뎅이길, 풍뎅이길, 하면 그래도 기분이 좋다. 꼭 나를 위하여 누가 만든 이름 같다. 내가 만든 이름

같다. 그러고 보니 어제도 아내와 함께 아이를 데리고 놀이터로 나갔다. 태어난 지 딱 1년 되었다. 아내 옆에서 아이가 겨우겨우 걷고 있었다. 나는 개를 데리고 그런 둘의 뒷모습을 보고 있었다. 특히 우리 집은 묘 옆이라서 풍수지리상으로도 이미 완벽한 곳이야. 아내가 떠들던 모습이 떠오른다. 왜 하필 풍뎅이길로 이사했나요? 20년 전 면접관처럼, 나에게도 누가 물어보는 것 같다. 이렇게 이곳이 좋아지니까, 여기 이름마저 좋습니다. 아내와 손을 잡고 걸어가면서, 이 동네 이름까지 좋아하게 되었다는 게 정말 신기하고 좋습니다. 정말 그렇다. 풍뎅이길 같이 이렇게 멋지고 좋은 이름은 난생처음이다.